새로운 시간 속에

새로운 시간 속에

유 중 관 제5시집

도서
출판 책나라

■ 시인의 말

아내가 많이 아팠습니다
1년 7개월 동안 환자를 돌보며
틈틈이 기록해두었던 글들을
버릴 수 없어 삶의 한 부분이라 생각하며
세상에 내놓게 되었습니다
아내가 병마와 싸우고 있을 때
한마음으로 고통스러워하며
병실에서 지내는 동안 쓴 글입니다
아직도 회복중에 있는 아내와
오랜만에 서로 마주 앉아 차를 마시며
출간하게 될 시집을 기다립니다
축하해 줄 아내를 생각하며
활짝 웃을 아내에게 바치렵니다
힘들었던 순간들은 날아가고 웃음꽃만 피기를…
저를 아는 모든 분들께 감사의 마음 전하며
제5시집의 비밀의 문 여는 열쇠를 드립니다.

2022년 오월에
탑산 유중관

| 차 례 |

3부 가을과 함께

5부 비틀거리는 하루

6부 우리 어머니

7부 웃음이 없는 곳

8부 삶의 무게

1부

■ 상처의 눈물

망향望鄉

내가 태어나 성장한 옛집
남향으로 자리 잡은 장독대
오른쪽에는 돼지울이 있었다
뒤쪽엔 커다란 앵두나무 한 그루
보리타작 때가 되면
가마 타고 시집오는 새색시
그 시절은 배고프고 힘든 살림살이였으나
우리의 조상들은 거짓과 도둑질을 하지 않았다
마음은 늘 푸른 들판처럼 풍요로웠고
밥상머리 교육을 받으면서 바르게 자라
평화로운 마음으로 살던 내 고향
지금은 어디에도 그 모습 볼 수 없다

나들이

오랜만에 나들이 나왔다
생각보다 날씨가 차가워
나들이하는 것이 부담스럽지만
주저하면서도 지하철로 들어섰다

부지런히 걸어서일까 목이 말라
음료수 한 병을 사려고
주머니를 뒤져보니 지갑을 두고 왔다
오늘 부의금도 전해야 하는데
어떻게 해야 하나 불안했다

주머니에 돈이 없으니
마음이 불안해져서
가던 길을 되돌려 집으로 돌아왔다

나이 들어 기력은 떨어지고
시력도 나빠져 안경을 써야 하고
핸드폰과 손수건 등 챙길 것은 많아져
어디 정신 하나 파는 데 없나요

그녀의 그림

화사한 봄날이다
중년쯤 되어 보이는 화가
화폭에 자연의 수다를 담고 있다

넉넉한 산과 들
밝고 맑은 하늘
화폭에서 부활하는 세상을 꿈꾼다

그녀는 어둔 세상을
향기나게 채색을 하며
잔잔한 감동을 그려낸다

예술인의 삶은
기쁘거나 슬프거나
아름다운 세상 정지시키니 아름답다

병든 소리도 약으로

30대 후반의 젊은 청년
그 사람의 참뜻이 무엇일까
순간적으로 거슬리는 그 말
경거망동의 병든 소리
내가 잘 못 들은 말이기를 바란다

'노인들은 설 땅이 없다'
늙었다는 이유만으로 제약을 받는다

그도 곧 노인이라는 말을 들을 텐데
생노병사는 인간 공통의 진리인 것을

노인들이여! 젊은 사람들로부터
대접받을 생각일랑 모두 버려야 한다

자식들 앞에서도 품위를 지켜야
가끔 얼굴이라도 볼 수 있다

자식꽃

꽃이 좋다 해도
자식꽃이 제일이다
산통으로 고생하며
세상과 인연 맺게 했으니
당연하지 않은가

몸이 아프고 괴로워도
자식이 좋아하는 음식을 만들 때는
아픈 것도 잊어버리고
먹는 것을 바라보며
행복해 하시던 어머니

모든 것에 우선한
자식 사랑은 순번 1위다

1년은 10년

화요일 금요일 주 2회
아침이면 짊어지던 배낭
꾸어다 놓은 보릿자루처럼 낯설기만 하다

그동안 기동을 못하는
환자를 혼자 둘 수 없어
팽개쳐진 배낭 1년 7개월 10일 만에
어깨에 걸치고 집을 나선다

노량진역에서 도봉산역까지
주 2회 드나들었던 곳
그동안 참 많이도 변해 있다

뉴욕 번화가에 온 듯하여
일행들에게 전화로 물어가며 찾아간다
세상이 보는 나도 변했을지 몰라
거듭거듭 세상에게 내가 누구니 질문한다

염치 좀 알고 삽시다

어린이 놀이터에 검은 그림자가
불쑥 나타나 소름이 돋는다

개를 끌고 마실 나온 사람인가?
내 옆에 멈춰 서더니 스르르 쓰러진다

깜짝 놀라 일으켜 세우니
20대의 젊은 남자였다

입술에선 빨간 피와
술 냄새가 진동한다

"술 먹었어요?"
"네…에"
역병이 아니고 술병이라니

만취 상태였지만 정신은 있어 보인다
알고 보니 우리 아파트 주민이라
부축하여 그의 집으로 데리고 가는데

한 여인이 어둠 속에서 나타난다
"너 핸드폰은 어디 두었니?"
취한의 어머니임을 감지했다

아들이 술 마시고 추태를 부리고
이 모양 이 꼴이니 밉기도 하겠지만
이 시간에 아들을 부축해 온 사람에게
고맙다는 인사 한마디 정도는
당연히 해야 할 도리가 아닐는지

한아파트에 사는 사람인 줄 짐작이 될 텐데
눈길 한번 주지 않으니 사람의 염치를 모르네

어두워서 인상착의를 헤아릴 수 없었지만
눈도장이라도 찍고 나올 것을….

상처의 눈물

몸의 상처는
수술로 고칠 수 있지만
마음의 상처는 쉽게 고치지 못한다

가슴속 깊숙이 박혀 있는
연민의 조각
시간이 흘러도 지워지지 않는다

잊으려 하면 더 생생히
가슴을 후비는
상처의 눈물

이유와 구실

눈을 뜨니
창문이 훤했다
몇 시나 되었을까
침구를 정리하고 일어나
시계를 보니 5시 5분
산책을 위해 주섬주섬 옷을 갈아입고
밖을 내다보니 우중이다

어둠 속에 비가 내리니
산책가기가 싫어졌다
나는 나를 위해 운동을 하면서도
시시때때로 구실과 핑계를 삼아
좀 더 이불과 친해지고 싶다
그래서 그러면 안 되는데
다시 요 이불 속으로 들어가
게으름과 친구하고 말았다

마장호수* 출렁다리

우리나라에서
제일 긴 출렁다리
220m 되는 호수 위에서
그만 흔들거리고 말았다

한가로이 유영하는 천둥오리들
구경하는 사람들마다 먹이를 던져주니
포동포동 비만 일 수밖에

바람 한 점 없어도 출렁거리는 다리
간들거리는 호수 속의
푸른 하늘과 흰구름이 전설적이다

* 파주에 있는 호수

모성애

자식은 영원한 채권자
부모는 아무런 사심이 없는
어떤 것도 바라지 않는다

열 달 동안 품었다가
목숨 걸고 세상에 보내기까지
고통을 감수하는 인간애

잔뼈가 굵어질 때까지
먹여주고 입혀주고 가르치는
어머니의 희생은 가이 없구나

정월 대보름

자정이 넘은 시간
거실로 나와보니
창틈으로 들어온 보름달
빙그레 웃으며 나와 마주 앉는다

정월 대보름이라 하지만
코로나19로 만날 수 없는 일가친척
휘영청 둥근달이 찾아주니 반갑기만 하다

오늘의 달님이
고향에서 보던 달과 같아
신께서 보내주신 선물로 여기니
더없는 정겨움에 위안을 받는다

건강을 위하여

산을 오르며 걸을 때
의지와 상관없이 흘리는 땀은
건강에 푸른 신호등이다

몸의 열을 조정하여
노폐물을 제거해주고
혈액순환에 도움을 주니
힘들어도 움직여야 한다

더운 여름철에는
쉬이 지치게 되는 사람들
땀 흘리는 일은 피하려 하지만
나는 날마다 건강을 위해 땀 흘리며
쉼 없이 걷고 또 걷는다

2부

산수를 맞이한 아내

마스크 착용

코로나19
순식간에 우후죽순 전파되어
전 세계가 몸살을 앓고 있다

빈부귀천, 남녀노소, 지위고하
어느 지역이라고
특대를 받을 수 없어 초긴장

지하철과 거리에는
한 뼘 크기의 커다란
마스크를 쓰고 다닌다

겨울 추위를 피하기 위해
착용하는 소모품에 불과했는데
전염을 막는 길이 마스크라니

하라면 해야 하는 지켜야 할 의무
세상이 이상스럽게 변해가고 있어
마음이 답답하여 잠을 이룰 수 없다

마적산*에 올라

시끄러운 도시를 빠져나와
운무에 감춰진 산비탈을 오른다
앞서거니 뒤서거니 경쟁이라도 하듯
오르고 오르며 늦가을 정취를 만끽한다

파란 하늘과 하얀 구름
서늘하게 다가오는 바람이어도
온몸에서 열기를 뿜어내는 것은
서투른 안내자를 뒤따르는 초행자들

일진을 놓치고 우왕좌왕하며
어려움을 겪기도 했지만
정상에 오르고 보니
아하, 콧노래가 절로 나온다

* 강원도 춘천시 신북읍 사북면에 있는 산

산수를 맞이한 아내

걸어온 뒤안길 돌아보니
우리 무사히 멀리도 왔구만
어언 80개 성상
만감이 교차 되는 세월을 짚어보니
참으로 인내하는 부부였어

내 나이 33세
당신 나이 28세
당신과 한솥밥 먹은 것도
52년 무겁게 늙어버렸어

당신은 나를 위하여
시도 때도 없이 심혈을 기울이고
일거수일투족 쉴 틈이 없었지

그때는 당연한 것으로 알고
무심코 넘겼지만
지금은 후회가 막심해
내게 쏟았던 에너지 병으로 도졌으니…

좀 더 잘 해주지 못한 것이
기회를 놓쳐 아쉽고 안타까워

이제는 되돌려 줄 때가 되었어
모든 것 내게 맡기고
마음 편하게 병 치료에만 전념하여
완치의 만세를 부르세
남은 생 우리 두 손 꼭 잡고
희희낙락 웃으며 살아야지

또 한 살

12월 31일
자정이 지나면
한 살 더 살이 붙는다

시간은 늘 같은 속도지만
물질인 몸은 늙어가고 있는 것을
멈출 수도 없고
막을 수도 없는 노릇이다

그리고 그래서
지나간 세월 되돌릴 수 없고
다가오는 시간 거절할 수 없는
자연의 법칙에 순응하며 겸손해진다

무주구천동

아주 불편한 산골 마을이다
깊숙한 곳에 숨어있는 무주구천동
보이는 것마다 내 의식의 문을 열어
잠시도 시선을 내려놓을 수 없다

새벽녘 짙푸른 적송들의 향기
솔내음 맡으며 나의 걸음은 빨라진다
오르기 힘든 곳은 콘도라에 몸을 의지하여
쉽게 설천봉에 닿을 수 있다

보고 싶었던 덕유산 향적봉
살아 천년 죽어 천년 산다는
늠름하고 우람한 주목들
장수의 비결이 여기에 있음을…

문병問病
- 친구 박환철

이게 아닌데
아직은 아닌데
네 나이 몇이라고
침대에서 멍하니 누워만 있는 거니

이게 아닌데
아직은 아닌데
겨우 네 나이 이순인데
운명인가 숙명인가

사랑하는 친구야
훨훨 털고 일어나라
밥도 먹고 술도 마시며
재미나게 살아야 하는데

잊었니 잊었어?
나더러 고향에 내려와
남은 인생 즐기며
우리 같이 살자 하더니…

방산시장

백화점처럼 화려함과 세련미는 없어도
서민들이 이용하는 작은 먹거리 시장
오늘은 여유로운 마음으로
지그재그로 눈요기하다가
가장 끝에 자리 잡은 곳에서 발을 멈춘다

골판지에 널브러진 물건들
골라, 골라 시끌벅적 소리내며
후럼 하는 과일가게 아저씨
지나가는 손님들이 모여든다

계산대에 선 50대의 부인
그 많은 품목의 가격을 착오 없이 기억해내며
친절함과 고운 목소리에 유혹된 사람들은
지갑을 열기 시작했다

힘들고 어려울 때 시장에 나와보면
치열하게 살아가는 사람들을 보면서
삶의 진정성을 깨닫게 된다

배려

상수리나무 푸른 잎
바람에 휘날리는 소리가
왠지 자식 잃은
어미의 통곡 소리로 들린다

산에서 우리 만나
서로 건강을 챙기며
즐거운 마음으로 하루를 보냈는데

돌연 유명을 달리했다는 소식에
왜 좋은 사람이 나를 두고
먼저 떠나가는 것인지 슬프다

함께 발을 맞춰 걷던 산
같은 곳을 바라보며 오르던 숲
그가 없는 산행 외롭기만 하다

벨라지오*

힘든 하루를 보내고 나니
나만의 휴식이 필요한 시간
친구와 같이 술을 곁들이며
저녁 식사를 마친 후 뒷골목에 있는
분위기 좋은 곳을 찾아 나섰다

거미줄처럼 얽혀 있는 많은 간판들
상호마다 멋스럽고 품격이 있어
한순간도 눈을 뗄 수가 없다
-넓은 공간, 쾌적한 장소- 라고 씌어있는
2층으로 올라가 창문을 열어보았다

커피향이 진동을 하고 경음악이 흘러나오고
후덕하게 생긴 주인아주머니는
함박웃음으로 반겨 고향에 온 것처럼
편안하고 아늑한 친구의 단골집
고단한 일상이 날아간다

* 벨라지오: 아름다운 사람들의 공간을 의미하는 이태리 말

병실 표정

병원을 찾는 사람들은
모두가 표정이 어둡다

환자복을 입은 초췌한 얼굴들
휠체어에 몸을 기대어 견디는 환자들
장기간 몸져누워있어서인지
여위고 핼쑥한 모습과 처진 어깨
제대로 목을 가누지 못하고
가쁜 숨까지 몰아쉰다

밤은 깊어가는데
병실마다 환자의 신음 소리
내 아내도 고요를 깨트리고 있다

병원 가는 날

오늘은 병원 가는 날
첫걸음부터 무겁고 심란하다
겨울로 접어들어
아침저녁으로 쌀쌀하기도 하지만
병원은 나를 더욱 춥게 만든다
대기하고 있는 환자들은
눈꺼풀이 풀려 힘을 잃었고
딱딱한 의자에 앉아
진료를 기다리는 나도 지쳐간다
의사의 말 한마디에 죽고 사는 환자들
희망적인 말을 듣고파 하는 기대감
초조히 기다리는 모습들이 아득해진다
진료실에서 나오는 환자들 표정에서
얼마나 병세가 가볍고 깊은지 읽을 수 있으니
오랜 기간 병원에서 환자를 돌보다 보니
반 의사가 되어 환자들의 얼굴에서
병의 깊이를 알게 되었다

보고 싶다
-고 김천수 비문

삶의 무게에 짓눌려
우리 곁을 떠났습니까

술 한 잔 거나하게 하게 되면
'그것은 거짓말'
한 곡조 읊으면서 크게 웃었지

이제는 보고파도
볼 수 없는 사람
그 미소 그 목소리 들을 수 없다

아픔과 고통과 슬픔과
고뇌가 없는 곳에서
영면하시라 축원 드린다

3부

가을과 함께

고향의 달

잠에서 깨어나 창밖을 본다
어릴 적 어머니와 함께 바라보던 둥근 달
그 달을 볼 수 있다니 감격스럽다

오미크론이 확산 되고 있는 이때
서로를 위해 왕래하지 않고
전염병을 피하기 위해 집안에서 맴돌다 보니
모든 일들이 답답하기만 하다

신께서 답답한 내 맘을 아셨을까
고향의 달을 공수해다 준 것만 같아
보름달 속으로 뛰어들고 싶다

봄이지만

발가벗은 나무들이
햇빛에 온몸을 녹이면서
연둣빛 잎을 틔우려 애쓰고 있다

가끔은 살랑이는 봄바람
여린 잎들이 쭉쭉 팔을 뻗으며
하늘을 향해 손짓을 하고 있다

봄비라도 내리는 날에는
처녀 젖멍울처럼 몽실몽실
연두잎에 매달린 빗방울
햇살 받아 별빛처럼 황홀하다

돌 틈 사이로 수런대며
흐르는 물소리 새소리
해마다 찾아드는 계절마다
신께서 주신 선물

부러

부러란 말은 부사로써
실없는 거짓을 의미한다

우리는 산행을 하고 내려와
저녁을 먹으면서 술을 곁들였다

술 한잔 먹으면 잔소리 신소리
뒤틀린 소리 뱉어내며 위로받는 걸까

마주 앉아 권하는 술
세상을 살기 위해 얻는 힘

부음을 들으면서

'안녕하세요'
젊은 사람의 목소리가 떨린다
겨우 이어가며 하는 말은

'제가 홍길동의 아들인데요
어제 아버지가 돌아가셨습니다'

무슨 청천벽력 같은 말인가
어안이 벙벙하여
한순간 말을 잇지 못했다

평소 그의 생활습관이 바르고
남의 약점마저 긍정적으로 생각했던 사람
건강관리에도 세심했었다

건강에 해롭다는 음식은
먼지 털 듯 가려내면서 먹었는데
어찌 이런 일이 있을까
좋은 사람이 먼저 떠나다니 운명일까?

퇴직휴가

얼마 만인가
부부가 함께 가는 여행
어스름 첫새벽
청년이 데려다준 설악 호텔
서울인가 광주인가 눈이 휘둥그레진다

부부가 갖는 오랜만의 휴가
우리는 최고의 여행이라며
달콤한 시간 속에서
시간 가는 줄 모르고 행복에 겨워한다

가정사의 걱정근심 내려놓고
부부의 사랑을 다시금 확인하는 시간
이처럼 남은 생애 얼마나 될까
아내의 손을 잡고 마냥 거닐고 있다

티눈

오른손 엄지손가락 끝부분
5밀리 정도 크기의 티눈이
꽃무늬 모양으로 똬리를 틀고 있다

언제부터 뿌리를 내렸는지
깊고 넓은 것을 보면
나와 동거하며 오래 산 것 같다

만져보면 딱딱하여도 아프지는 않다
티눈은 더 넓은 영토를 차지하려고
욕심을 부리지 않아 그냥 지내기로 한다

폭포 산장

높은 빌딩에 짓눌려
숨이 막힐 듯한 도시는
교외로 빠져나가게 만든다

높은 산 푸른 숲은
자연의 숨소리 짙은 녹음마다
내 눈을 맑게 치료해준다

숲길은 패이고 돌길에는 서툴러
다칠까 조심스레 내려오는데
시원한 물소리가 흥건히 땀으로 젖은
내 몸을 깨끗하게 씻을 수 있도록 졸졸졸

속살까지 비치는 맑은 물
낮은 곳으로 흐르는 물의 속성
크고 작은 용소를 만들며
쉴 새 없이 제 몸 닦고 있다

풍란

베란다 양지바른 곳에
작고 검붉은 속 돌에
가부좌로 몸을 부지한
좁쌀만한 한 폭의 풍란
다칠세라 정성 들인지 수년

지성이면 감천이라 했던가
뿌리골무 만들더니 촉수 늘려
아침이면 웃음으로 인사하고
고결한 품성과 자태는
밤마다 하얀 꽃으로 피어
은은한 향기로 나의 마음을 빼앗는다

불안한 전화

코로나19의 창궐로
모두가 의욕을 잃고
삶의 질서는 무너져간다

전염을 예방하기 위해
집안에서만 지내고 있는데
아들의 전화가 반갑다

둘째 손녀 아라가
기침과 발열이 심하다는 말을 듣고
돌연 불안한 생각이 든다

그렇지 않아도 기상도 좋지 않고
코로나 위세가 날로 증가하여
오늘 집으로 오지 못하도록
전화하려던 참이었는데
병원에 다녀왔다고는 하지만
발열과 기침이 멈추지 않는다고 한다

마음이 착잡하지만
마음속으로는 괜찮겠지 스스로 위로한다
차분하고 인내심이 강한 아라였기에
잘 버텨낼 것이라 믿으며
손녀를 위해 두 손 모아 기도를 한다

첫째 손녀가 과격한 성격이고
동생은 사내라서 위아래의 중간에서
아라는 눌림을 받고 있었지만
온순하고 착하게 성장하고 있는
손녀가 코로나에 걸리다니
자꾸만 마음이 다급해진다

아라야, 할아버지가
너를 대신하여 아플 수 없으니
이 일을 어쩌면 좋겠냐
속히 회복되기를 간절히 기도한다

빈집

외돌아진 곳에
토담집 한 채 버티고 있다
허름하고 어두운 집
녹슨 자물쇠에 묶인 문
옛 주인을 기다리고 있는 듯하다

누군가에게 버려진 것 같지는 않고
가느다란 햇볕 한 조각만이 졸고 있는
빈집에는 허옇게 변색된 풀들만 무성하다

한때는 가족들이 모여 살며
웃고 울고 떠들고 했을 안식처
족쇄만 차고 있는 빈집을 바라보며
온갖 상상을 해본다

집안에서 우는 뻐꾸기

뻐꾹뻐꾹
다섯 시를 알리는
뻐꾸기의 자명종 소리를 듣고
이불 속에서 몸이 빠져나온다

이른 새벽
푸른 바람에 이끌리어
산책길을 나선다

쪽빛 하늘을 머리에 이고
미풍에 몸을 흔들거리며
시작되는 하루

오늘 할 일을 계획하며
맑은 공기 가슴 속 깊이 담으며
아무도 없는 거리를 혼자 걷는다

가을과 함께

가을이 깊어간다
붉게 물드는 숲
나는 이미 가을을 넘어
초겨울을 바라보고 있다

해발 400고지의 가파른 길
나무와 나무 사이로
한 그루의 단풍나무

마지막 열정을 쏟고 있는
가을 나무와 함께
좋은 글을 쓰기 위해 물드는 마음

4부

핑계의 하루

옹이진 나무

쌀쌀한 바람을 안고
가파른 산을 오른다

슬프고 외로워도 잘 이겨내는 나무처럼
우리의 삶이 그러하지 않은가 싶다

저 옹이진 소나무를 보라
사계절 푸르기 위하여
지치고 힘든 일상들 말 못 하여
옹이진 암덩어리처럼 보인다

세상사 모든 일들이
행복과 불행이 존재하는 것
자연 속에서 위로받으며
멈추지 않는 산행

살기 좋은 동네

우리가 살아가면서
구애받지 않고 자유자재로
편하게 살면 더 이상 바랄 것이
무엇이겠는가?

우리 동네 산책길은
남녀노소 구분 없이
이른 새벽부터 운동하는
사람들로 붐빈다

아파트 뒤 공원 길
어둔 밤에도 대낮처럼 밝혀진 가로등
청정한 공기를 마시며
깊은 밤 건강을 노래하며
꼭 한두 사람쯤 운동하고 있다

인사를 나누며 좋은 소통을 하는
우리 동네 사람들의 축복이다

회복을 위해

어쩐 일인가 날마다
병마와 사투하는 당신에게
무슨 이런 병이 찾아왔을까

목울대로 넘겨야 하는 약은
아침 식전과 한 주먹의 약을
아침, 점심, 저녁 식사 후
취침 전에 먹고 자야 한다니

병마와 긴 전쟁을 하는 당신
하루속히 투우사의 용기처럼
병마를 이기고
그 고통에서 벗어나기를 바라며
정성을 다하여 돌본다

평생 동안 가족만을 위해 헌신한 당신
지난 세월들을 생각하면 너무나 고마워서
나는 힘들어도 내색하지 않고 24시간 고달파도
살아있는 것만으로도 감사하게 여긴다

상심

당신의 병은
수술도 할 수 없다

세월이 약이라니
기도밖에 할 수 없는 내가 밉다

어떤 일이 벌어질까
가슴 쿵하고 내려앉기도 하고

밤잠을 설치며
모로 좌우로 눕기도 하며

하루하루가 시들어가는 일상
인간 세상이 아픔 투성인 것을

그리하여도 포기할 수 없다
한계에 부딪쳐도 절망하지 않으리라

섬마을 할머니의 행복

날이 밝으면 일터로 나가고
어두워지면 집으로 돌아와
밥 먹고 잠자는 반복되는 일상
그렇게 살아야만 되는 줄 알았던
80대 섬마을 할머니는
오랜 노역으로 활처럼 휘어진 허리
쭈글쭈글한 얼굴은 일터에서 벗어나지 못한다

자신은 배우지 못해서
자식들을 잘 가르쳐야 되는 것을
삶의 목표로 삼고 살았다는 할머니
가장 행복할 때가 언제냐고 물으니
'행복이요?' 묻는다
굽어진 허리 힘들게 펴면서 잠시 생각하더니
'이렇게 사는 것이 행복이지요
행복은 먼 곳에 있는 것이 아니고
내 마음속 생각에 달렸지요' 한다

비록 배우지 못했고 농사일밖에 모르지만

현재의 삶에 만족하고 감사하는 마음으로
살아가는 것이 행복이라고 말했다
할머니의 행복론은 편하게 생각하고
가까운 곳에서 찾는 그분의 철학이었다
환한 웃음 속에 행복이 가득 들어 있었다

방명록

무심코 열어 본 책상 서랍
묵은내 나는 탈색된 공책 한 권
먼지를 둘러쓰고 있다

방명록이다
그리고 1967년 3월 31일
표지 맨 아래 기록되어 있다

반백 년이 지난 오늘
두 사람의 이름을 기억하며
선명하게 그날이 조명된다

지금 그분들은 우리 곁을 떠났다
함께 한 시간들이 줄을 선다
즐거웠고 슬펐고 그런 날들의 추억

그 바닷가에서

밤과 낮 구별 없이
어느 지역을 막론하고
뜨거운 열기로 지치게 하는 여름날
9월 중순쯤 되니 서서히 물러서기 시작하는
자연의 순리가 오묘하기만 하다

요즘의 아침저녁은 시원한 바람이 불어
가을 전어를 만나러
친구들과 소래포구를 찾아갔다
어시장 입구에 이르니
비릿한 바다 향이 코끝에 와닿고
펼쳐진 싱싱한 어판들 손님들의 흥정으로
시끌벅적 참삶의 모습이 아닌가 싶다

너울너울 피어오르는 뭉게구름
시장 사람들의 익살에 부응하는 손님들
오랜만에 듣는 소리들이 정겹기만 하다

메모장

엘리베이터는 만원
성냥개비처럼 끼어서 올라가는데
돌연 침묵을 깨는 할머니 목소리
'오리집, 6번 출구로 나오면 있다는데'
그의 손에는 메모지가 들려있었고
얼굴에는 긴장 초조 불안이 역력했다

마침 나도 오리집에 가기 때문에
'저도 오리집에 갑니다 따라 오세요'
얼굴이 밝아지면서 나를 놓칠세라
젊은 걸음이 되어 뒤따른다

식당 근처 간판을 보고 안심이 되는 듯
환한 미소를 지으며 손에 든 메모지를
주머니에 넣으면서 감사하다는 인사를 한다
이웃이 이렇게 좋은 줄 몰랐다며
감사하다는 말을 되풀이한다
말 한마디에 저토록 고마워하니 기분이 좋다

숫눈길 걸으며

신새벽 목도리 마스크 동원해도
바람이 솔솔 코와 입으로 스며든다

눈길은 발걸음을 무겁게 하지만
마음만큼은 소년 마냥 동동거린다

눈도 귀도 마음도 무거운 날
눈길이 기분전환을 하게 하니 고맙다

걸음이 둔한 것을 보니
나도 이제 늙었나 보다

한 세월 튼튼한 두 다리 덕분에
잘 살아왔다 친구들에 비해
내 다리는 튼튼한 셈이다

수술 한번 한 적 없고
곧은 자세로 걸을 수 있으니 감사할 수밖에

하얀 꽃

초청도 초청이지만
하루 나들이에 뜻을 두고
인류문학회 시낭송회에 참가하기 위해
광주 화순 적벽 물염정으로
새벽부터 분산을 떨며 집을 나섰다

적벽은 아름다운 정취로
잘 알려진 곳이라서
젊은 시절 자주 찾던 곳을
기억으로 더듬어본다

많은 세월이 흘러서인지
언제 누구와 같이 다녔는지
도무지 기억이 나지 않는다

광주에서 점심을 먹으며
회원들과 인사를 나누며
정이 넘치는 환대로 기쁨의 하루

해맑은 얼굴과 포근한 음성
내 찬 손을 뎁혀 주는 문인들
누이와 같은 밝은 표정
언제까지나 함께 하고픈 사람들

핑계의 하루

핑계는
순간을 모면하기 위한
하나의 구실이다

코로나19로 절박한 삶이지만
사람들은 역병을 핑계로 삼아
불리한 일에서 피해간다

자신이 하기 싫은 일들을
이 핑계 저 핑계
잘도 모면하는 사람들

하필이면

오전 10시
돌연 먹구름이 하늘을 덮어
사방이 캄캄해지고 천둥 번개가
오늘의 일진을 위태롭게 한다

집에서 나올 때는
한 방울 두 방울 떨어져
행사를 망치게 될까 봐
가뭄에도 반갑지 않은 비

행사를 하는 중에도
부스스 비가 내렸지만
잘 마칠 수 있어서 다행이다

일을 마치고 집으로 돌아와
젖은 옷을 벗으면서
오늘 행사를 무사히 끝낸 것에 감사한다

만남

운동을 하며
오고 가는 사람들과 목례를 하다가
한 달 정도 지나면
서로 반가워하며 악수까지 한다

아침부터 운동하며 만나는 사람들
하루라도 보이지 않으면
무슨 일이 생겼을까 걱정까지 하게 된다

서로 주고 받는 것 없어도
만나면 반갑고
보이지 않으면 궁금해지는 것이
따뜻한 마음이 아니겠는가

5부

비틀거리는 하루

능정能政

한 해가 저물어 간다
금년 마지막을 장식하는
송년 등산은 영하 6도로 차갑다

나뭇가지마다 걸터앉은 눈
겨울 정취 만끽하며 둘레길을 걷는다

오늘은 특별한 날
풍류가 넘치는 집을 찾아가
술잔을 부딪치며 '구구팔팔 백두산*'
건배사를 외치며 주고받는 술잔 속에
우정이 넘친다

새해는 더 활기찬 한 해가 되기를
기원하며 큰 박수 치면서 브라보

* 구구 팔팔 백 살까지 두 발로 산을 탄다.

모자 유감

오전 10시경
대공원역 만남의 장소
허리 굽은 할아버지 할머니들이
유유상종 유유자적 세 발 짚고도 즐거워한다

비탈길 능선을 오르내리며
2시간을 걷다 보니 온몸엔
땀으로 범벅되어 지쳐가고 있다
잠깐 벤치에 앉아 즐거운 대화를 나누던
한 친구가 모자가 사라진 것을 알고
순간 표정이 일그러진다

'어디에 두고 왔지?'
지칠 대로 지친 목소리다

몇 사람이 모자를 포기하라고 했지만
그는 포기하지 않는 이유가 있다
알고 보니 그 모자는 사위가 선물하여
버릴 모자가 아닌 고급스런 모자였다.

이른 아침의 운동

어둠이 소복이 쌓여 있다
아침을 열면 오싹하는데
이른 시간이지만 사람들 나와서
건장한 몸을 만들고 있다

이 사람들은 언제 자고 일어나는 것일까
나도 부지런히 대열에 끼어 걸음을 같이 한다

건강해야 밝게 살아갈 수 있으므로
시간을 정해놓고 운동하는 사람들
춘하추동 우천 불구 게으름 피우지 않고
꾸준한 운동으로 몸을 만드는 사람들
오늘도 활기차게 파이팅!

모닝커피

아침 식사를 하고
아내와 식탁에 마주 앉아
따끈한 커피 한 잔의 여유로
하루를 시작하는 즐거움이 있었다

오늘 해야 할 일
앞으로의 계획까지 소통하며
가정사를 의논하는 시간이 귀한 줄 몰랐다

이렇게 살아오던 아내가 건강을 잃어
그때는 몰랐지만 그 순간들이
얼마나 소중한 시간이었는지…

애터미 간고등어

감사합니다
행복합니다
이 선물 다이아몬드에 비교하겠습니까
할 수만 있다면 박제剝製해서
나의 일터 오른쪽에 세워놓고
일할 때마다 보면서 새기고 또 새길 겁니다

반평생 희로애락을 같이 했던 사람
제일이라는 선각자들의 말 되새기며
최선을 다하여 재활치료를 돕고 있습니다

빨리 회복하라고
선물로 보내준 간고등어 먹고
속히 일어나기를 바랍니다

도봉산에서 만나요

산에 가는 날이면
매번 전화선을 타고 오는 목소리
친절과 예의를 갖춘 웃음으로
"도봉산에서 만나요"

벅찬 가슴으로 달려가면
그리운 모습들이 하나둘
악수로 맞이해 준다

산에 오를 때도
흘러간 노래 들으며
함께 어깨춤을 춘다

우리는 사랑으로 넘친다
우리는 하나가 된다
우리는 산을 사랑하는 동지다

여름을 뽐내던 나무

그늘을 만들어
행인들의 쉼터를 만들어주던 나무
한잎 두잎 탈색되어 찬바람에 떨어진다

봄, 여름, 가을
고왔던 모습 어디로 사라지고
내 모습을 닮아간다

한 세상을 살다 가는 것은 다 같지만
내 삶의 길섶에서 시름시름 병을 앓다가
떠나버리는 친구들처럼 저 낙엽들이 그러하다

봄을 연주하다

찬바람에 몸을 떨며
알을 품고 졸던 어미 닭
자분자분 발자국 소리에
놀란 봄을 쪼며 알을 깨운다

세상 밖으로 나온 아장아장 병아리들
따뜻한 돌담길에 옹기종기 모여
봄볕을 부려놓고 옹알이를 한다

봄나들이 나온 아이들
병아리 옆에서 사진을 찍으며
병아리와 아이들이 한통속이 된다

비틀거리는 하루

나만의 일일까
일요일의 끄트머리에서
오늘을 만끽하고 있는데
돌연 환자의 신음 소리에 놀라
약국으로 달려가 문을 두드렸다

잠긴 약국 문에 '휴일'이란 글
다급하여 미쳐보지 못하고
평일로 착각했음을 알았다

한순간 나 자신이 무너져내린다
비틀거리며 집으로 돌아와 보니
환자가 신음 소리를 내지 않았다

곤한 잠 속에 들어간 아내의 모습을 보며
너무나 안타까워 견딜 수 없어
책을 펼쳐놓고도 읽는 둥 마는 둥 하는 시간

삶이란 다 그런 거지

창밖을 물끄러미 바라보며
명상에 잠긴 그대 옆에서 나도 같이한다

봄비에 체온을 실어
솜털같이 터져 나온 연초록 새싹
뜨거운 햇살 받아 녹색으로 성장
기고만장 여름을 구가하던 느티나무

찬바람이 불면서
오래 지탱하지 못하고
선혈이 낭자한 가랑잎이
바람에 잃은 연처럼 기우뚱 떨어지고
사람들은 단풍 구경한다고 찾아든다
인간사 권불십년이라는 말 실감한다

삼총사의 발자국

쉬운 길을 찾아
천천히 숨을 고르며
죽마고우 삼총사가 등산을 한다

마음을 짓누르는 소리를 멀리하고
세월의 흔적을 노래하며
지나왔던 가파른 산비탈
반질반질한 바위의 손때와 함께
잠깐 숨을 돌리려고 덥석 주저앉으며
가쁜 숨을 몰아쉰다

물을 입안 가득 물고
피로를 달래며 숲을 바라보니
세상 모든 것이 푸르게만 보인다

6부

우리 어머니

목련

수줍은 처녀처럼 다소곳한 자태
백설 같은 하얀 혓바닥을 내밀고
청순함을 자랑하고 있다

순결하게 뜻을 담은 듯
말을 하려고 해도
소복 차림으로 조심조심
침묵으로 일관하는 그 성정 조용하다

보고 또 보아도 거짓이 없고
한 점 꾸밈도 없이
속까지 내비친 맑음이여
고결한 품위와 그 향기
청향으로 가득하다

약해진 자여

병에 시달리는 사람
입맛을 잃고 먹는 것을 거부한다

질병과 싸우느라
밥 먹을 에너지까지
다 소진해 버린 탓일까

병과 싸우기 위해서는
잘 먹고 에너지를 길러야 하는데
어쩌란 말이냐
환자가 먹지 않으니
답답하고 걱정이 된다

한 번 주어진 생명
온갖 어려움 끈기로 이겨내야 한다

죽는 것보다 앓는 것이 낫고
앓는 것보다 사는 것이 났다는데

서 있는 것이 편하다

아침 출근길 만원 버스 경로석에는
늙은이 대신 젊은이가 앉아 있다

다음 역에서 승차한 노인이
겨우 손잡이에 몸을 의지하여
젊은이 앞에 서 있다

바로 그때 방송이 흘러나왔다
'경로석은 노약자를 위한 자리'라고

그 방송을 들은 젊은이를
일어나라는 방송으로 들렸다

눈치를 보던 그는
노인에게 자리를 내주었다

늙은이의 자리에 앉으면
딴짓 거리하는 젊은이들

언젠가 빈 자리가 있어
젊은이에게 앉으라고 했더니

한사코 거절하던 젊은이의 말이
잠언으로 새겨져 스쳐 지나간다

설경 여행
-일본 아오모리현

눈 보러 가세
온천 하러 가세
동갑내기들과 어우러져
설경 여행을 위해
아오모리현으로 같다

산과 들은
순백의 옷차림으로
우리 일행들을 맞이하니
천상계에 온 듯 외경을 느낀다

야케야마 스키장에
빼곡히 채워진 은백의 산상 설경
노부부가 탄 리프트
도란도란 나누는 하얀 말들
설상 트레킹 체험의 진면목이다

처음 신어보는 설파
타임머신을 코흘리개로 돌려

젊음을 충전하는 서투른 발걸음
노천탕으로 뛰어든다

찬바람과 함께 인공폭포의 흰 비단 필
허공 가득히 수많은 흰 나비떼들
가로등 희미한 불빛 속에서
너울너울 겨울날의 춤을 즐기다가
수면으로 떨어져 생을 마감하는 나비떼

나무에 앉은 눈꽃의 조화
동화 속의 설국

그늘 밑에서

산허리에 걸쳐있는
솜털 구름을 부여잡고
흥을 만들며 발걸음 내딛는다

비탈길 오르막에 길게 늘어진 그늘
시원한 바람이 내 몸의 땀을 닦아준다

그늘 아래에서
일어설 줄 모른다

신문 배달

이른 새벽 일어나
현관문을 열 때마다
문 앞에는 신문이 놓여 있다

언제 자고 일어나기에
이른 새벽 신문을 놓고 갔을까
부지런도 하여라

오늘은 새벽 4시에 일어나
바닥을 굴리는 소리가 들렸다
무슨 소리일까 궁금하여
현관문을 열었더니 신문 배달이었다

나는 고맙다는 말 한마디 하고 싶어도
만날 수 없는 신문배달원
좋은 정보를 주는 신문을 펼쳐 들고
열심히 살아가는 신문배달원을 생각한다

그녀는

실바람이 분다

바람에 실려 오는 향기

창문을 열어 놓으면

아카시아 그녀가 웃고 있다

일상

몇 시나 되었을까
일어나야 할 텐데
마음은 산책을 하고 있지만
몸은 이불 속에서 데굴데굴 구르고 있다

일어나서 밖을 내다보니
두툼한 안개가 해를 삼키고
시계時計의 시침이 멈추다 간다

늦었다 싶어 새벽안개 밟으며
지척을 분간할 수 없는 안개 속을

방문 간호사

나의 이상형인 체구와
미모를 갖춘 간호사
환자를 치료하기 위해
주 5회 집으로 방문한다

해맑은 미소로 인사를 하면
칙칙하던 기분이
갑자기 싱그럽기만 하다

나이팅게일의 소명을 갖고
생명 중시와 측은지심의 손놀림으로
환자를 돌보는 간호사

정겨움과 따뜻함이 담긴 그녀가 집에 오면
갑자기 꽃향기가 나는 집안 분위기
환자의 기분도 나와 같아 고맙기만 하다

언어의 껍질

너는
거짓말로
나를 속이려 하지만

나는
거짓인 줄
이미 알고 있었어

목적을 위해
수단과 방법을 가리지 않는
뻔뻔한 속임수

다 알면서도
모른 척 속아주면서
그냥 웃었어

분갈이

좁은 베란다에 나무와 꽃들과
몇 해 친구하다 보니
뿌리가 왕성해져
더 이상 견딜 수 없었는지
화분 밖으로 뿌리가 삐져나왔다

무거운 화분에
큰 나무를 분갈이해야 한다는 것은
이제 힘이 따라주지 않아
차일피일 미루다 보니
시기를 놓쳐 더 어렵게 되었다

하나하나 쉬엄쉬엄
썩은 뿌리 잘라내고 흙과 퇴비로
새로운 터전을 만들어주었더니
청청한 잎과 예쁜 꽃을 피워낸다

우리 어머니

어머니는
자신의 운명을 마음대로
사신 것 같기도 했다

깜박깜박하시다가
정신이 돌아오면
"손녀딸 신혼여행에서 돌아오면
보고 죽으련다" 하시더니
그다음 날 돌아가셨으니
우연이라고 못하겠다

어머니의 뜻을 알고
내 옆에 항상 계셔 주셨으면 했는데
속절없이 훌쩍 떠나버리시니
인생무상이라 여겨진다

보고파도 볼 수 없는 어머니
시시때때로 그리움은
비가 되어 흐르는 눈물

어느 가을

여름 내내
자지러지게 울던 매미소리 사라졌다
이른 아침에도 찌든 더위
해가 보이지 않으면
서늘한 느낌이 든다

자주 오던 비 대신
쨍쨍한 햇살이 내려와
곳곳마다 튼실한 열매를 익히고
잠자리 코스모스
가을이 온 것을 알린다

모자람이 없는 가을
충만한 산과 들
꽃망울처럼 터질 것만 같은
아가씨의 볼과 걸음걸이
싱그럽고 풋풋하다

7부

웃음이 없는 곳

외암마을 돌담길

중요민속자료 제236호로 지정된
지붕 없는 아산 외암마을에 들어서면
보호수로 지정된 600살 먹은 느티나무가
노익장을 과시하고 있다
아늑하게 자리 잡은 시골풍의 마을
이 마을은 약 500년 전에 정착한
예안 이씨 일가가 주류를 이뤄 살고 있는데
고유의 반가 고택과 초가
돌담 정원이 보존되어 있다
돌담길은 어른 가슴팍 정도의 높이에
넓이는 150cm 정도로 아주 튼실하다
담장의 총 길이는 6,000m 정도의 자연석
골목길 사이사이는 울창한 수림이
마을 경관을 더욱 고풍스럽게 하고 있다
가지런히 쌓아 올린 돌담에 기어오른
거뭇거뭇한 담쟁이 넝쿨은
세월의 역사성을 말해주고 있는데
조선 선조 때부터 마을이 형성되었다고 한다

웃음 없는 병원

사람이 태어나서 죽음에 이르기까지
피해야 할 곳의 하나가 병원이라고 하면
이의를 제기할 사람이 없으리라

제복을 입은 사람들을 제하고
이 건물을 드나드는 사람들
웃음은 볼 수 없고 근심, 불안, 초조
무거운 발걸음이 목숨을 구걸하러 다니는 것 같다

병원에는 곳곳마다 모두가 환자들이다
건물 층층에 환자복으로 휠체어 끌고 가서
자기 순번을 기다리는 목숨을 구걸하는 자들

잘 버텨주어서

암이라고 하면
일반적으로 죽을병 내지
극복하기 힘든 병이라고 알려져
환자들은 초조와 불안으로
정신까지 절망한다

한두 번 항암제 주사를 맞고
견디기가 힘들어
죽음을 택하는 사람들도 있다니
얼마나 괴로우면 생을 포기하겠는가

암이라는 진단을 받으면
앞이 캄캄하고 어질어질해서
어찌할 바를 몰라 하며
한동안 갈등을 하다가도

운명이라 여기며
의사에게 의지할 수밖에 없는
현실을 부인하지 않으며

항암제 주사를 맞으면서도
인내를 거듭해낸다
그런 아내가 고맙고 감사하여
때로는 혼자서 눈물 흘릴 때도 있다

조금 쉬시구려

쉴 틈 없이 움직이는 당신
움직여야 산다는 것은 맞지만
그런데 앞에서 보나
뒤에서 보나 가늘어진 몸매
스치기만 해도 넘어질 것 같아
안타까운 당신이여
어쩌다가 이렇게 되어 버렸는지
지난 시간들 나를 위해서 존재했던 당신
고맙소, 미안하오
나를 위한 일편단심
아픈 몸을 이끌고 동분서주 쉬지 않았던 당신
가족들을 위해 너무 수고 많았오
시간이 쌓일수록 더 가늘어지는 몸
내 가슴을 아프게 후벼 판다

좋은 계획 좋은 실천

한해가 서산을 갈무리한다
시간의 흐름은 자연의 순리
그 속에서 우리는 복잡한
그래프를 그리며 요동친다

오늘이 가고 나면
애틋하고 헛헛해지는 마음
어찌 세월을 탓할 수 있으랴

미래를 기대하며
즐거움으로 한 해를 맞이하는
마음의 자세가 중요하다

누구에게나
공평하게 부여된 1년 열두 달
원하는 일들을 계획 세워
실천에 옮기는 마음의 자세
우리가 먼저 해야 할 일이다

지금으로 살자

지금 바로
지금으로 살자
어제가 없는 오늘을 붙잡고
시간 낭비하지 말자

내일이 온다는 기약에
황소가 하늘 보고 웃는 것처럼

범사에 감사하고 베풀며
섬김의 마음으로 살자

지하 4층

엘리베이터를 타고
주차장으로 내려가는 중
생면부지의 사람들
자신을 지키며 오르고 내린다

돌연
'지하 4층'
네 살 먹은 꼬마 녀석이
빨간 글씨 B4를 짚으며 말했다

함께 있던 사람들
말하지 않지만
꼬마 녀석이 저 뜻을 알고
있다는 것을 짐작했다

영특함의 눈빛을
아이의 눈에서 보았다

진달래꽃

마을 어귀 양지바른 곳
보랏빛으로 봄이 찾아왔다

햇살 흠뻑 받으며
뽐내고 있는 진달래꽃

한 마리의 벌이 찾아와
수선스럽게 유혹한다

찰카닥 다시 찰카닥
봄의 향기만 맡고 날아가 버린다

체면體面

점점 살기가 힘들다
사람들의 정도가 지나치다

인간이라면
사람들의 눈과 귀를 의식해야 한다
바로 이것이 체면이다

체면은 자기관리다
체면을 지키기 위하여
손해 보는 경우도 많다

체면 때문에 하기 싫은 일도 한다
체면은 보탬이 되기보다 어려움이 더 많다는 걸
알면서 차리는 마음 편하다

친구의 일기장에서

죽마고우로부터 받은 문자
옛날 옛적 이야기를 보내왔다

깨알만 하고 빛바랜 낡은 펜글씨
단기 4293년 8월 24일 자의 일기다

나와 둘이서 산에 다녀오다가
점심때가 되어 배가 고파 식당을 찾았으나
주위에 식당이 없어서
민가에 들어가서 밥을 구걸했지만
번번이 거절당하고 다섯 번째 집에 들어가니
아주머니가 쾌히 밥을 주셔서
먹고 나오면서 밥값을 지불하려하니
받지 않았다는 소설 같은 이야기였다

나의 기억에는 전혀 없는 59년
추억의 한 토막이 친구 일기장에서 발견하고
이제사 밥을 준 그분을 찾아뵈려 한다

그 여자

여자는 수줍어할 때가
예쁘고 귀여운 것이 아닌가 싶다

지하철에서의 많은 사람들
조용히 자기 경작에 빠져 있는데
돌연 '나 무식한 여자 아니야요'
큰 소리가 들렸다

경노석의 할머니가 삐딱하게 앉아
짱당그린* 얼굴로 식식거리며
자기감정을 억제하지 못하는 흥분
코브라**의 자세로 열을 품어낸다

옆자리의 할아버지는
지그시 눈을 깔고 쳐다보다가
다시 눈을 감고 만다

 * 못마땅하여 얼굴을 찡그리다
** 인도 지방에서 나는 독사의 하나 맹독이 있음

빗님을 기다리며

40년 만의 가뭄
35도를 웃도는 기후
꽃잎을 피워내던 봉선화 멈췄다

한낮이면 머리를 수그리고
나 목이 말라요 하는 것만 같아
한 바가지 물을 부어준다

철갑을 두른 소나무도
목이 타들어 가는지
사계절 푸르던 잎이 탈색되어가고

냇가에서 물놀이하던
물고기들도 호흡을 크게 하며
흑흑 고난의 소리를 내뱉는다

한나절에 아스콘 위를 걷는 사람들
어깨가 늘어져
빌딩 그림자를 찾으며
연신 하늘만 쳐다본다

8부

■ 삶의 무게

하얀 설렘

겨울은 오돌오돌 추워야 한다
밤사이 하얗게 내린 눈 나뭇가지에
꽃으로 환생하여 세상을 밝힌다

오늘은 산에 가는 날
스틱과 아이젠 준비하라는 문자를 받고
완전무장하여 길을 나선다

회색의 하늘에서
그날의 추억이 보인다

사박사박 걷는 눈길마다
하얀 웃음 흘리던 어린 시절을 본다

할머니

할머니의 굽은 등 뒤에는
지나온 세월의 무게가
고스란히 담겨 있다

쉼터에는 또래의 할머니들이 모여
지난날의 얘기를 나누면서
시간 가는 줄 모른다

그리고 죽음을 염려하며
남은 생애 외롭지 않게
다정히 지내자며 손을 잡기도 한다

우리는 신이 아니기 때문에
나 자신이 어떻게 될지 모른다
그래서 오늘을 소홀히 해서는 안 된다

화순 적벽과 물염정勿染亭

화순 적벽 동복댐 창랑천 7Km
크고 작은 수려한 절벽이 장관이다

중국 적벽과 비슷하다고 해서
붙여진 이름 물염정이 이곳에 있다

물염정은 적벽을 한눈 안에 불 수 있는
광주 전남 8대 정자 중 제1호로 지정된 곳

물염 송 정순이 지은 정자로
한 시대를 풍미하던 명사들의
시액들이 다수 걸려있다

김삿갓도 방랑 생활을 끝내고
화순 동복에 안주하며 생을 마치기 전까지
물염 적벽에 반해 자주 찾아 시를 읊었다고 한다

죽장에 삿갓 쓴 김삿갓의 동상과
7폭의 시비가 조성되어

세상 어느 것에도
물들지 않겠다는 듯 서 있다

오늘 인류시 동호인들 다소곳이 앉아
그들의 혼을 그리며 시낭송회에서
한 움큼의 햇살을 가슴에 담는다

그녀는

6시쯤이면
산책하는 멋진 여자
젊고 깜찍하고 날씬한 그녀
키도 훤칠하여 시원스럽다
검정 반팔 반바지에
비단결같이 매끄러운 피부
생머리 길게 늘어뜨린
매력 넘치는 그녀에게
저절로 시선이 가는 것을 어쩌지 못한다

지나치는 사람들마다
그녀를 보고 또 쳐다보는 것은
활기 있게 걸어가는 젊음과
엷은 미소와 그윽한 향기
눈이 부시도록 하얀 피부 때문일까

산책길에 오르면 은근히
그의 발걸음을 찾게 되고
혹여 그녀를 보게 될까 기대하면서

자연의 치유

산허리를 감싸 안은 뭉게구름
하늘은 더없이 푸르기만 하다

마음이 답답하여 집을 나섰지만
언덕을 오르며 헉헉 땀을 흘리는 동안
모든 근심 걱정을 잊을 수 있다

그늘을 만나면 잠시 쉬다가
땀 흘리며 오르는 산행
바람이 불 때마다 새 힘을 얻는다

숲은 마음을 다스려주고
계곡물에 발을 담그면
정신을 맑게 해준다

삶의 무게

침대에 누워있는 아내를
여장군이라고 부른다
아픔을 홀로 삼키며 눈만 껌벅여도
무엇을 원하는지 알 수 있다

많은 시간이 흘러가도
고통은 쉼표와 마침표가 없어
가엾어라, 우리 여장군 어이할꼬

제 몸 하나 가누지 못해
일그러진 모습
가슴을 쥐어짜는 괴로운 한숨 소리
그 무게가 얼마나 될까?

우리 여장군의 신음 소리 들을 때마다
내 가슴이 찢어지는 듯 고통이 되고
하루에도 수십 번 좌절하다가
다시 용기를 갖고 보살피는 나날들

새로운 시간 속에

그때는 창밖의 일들이
화려하고 재미있을 것만 같았다

젊음은 어느새 사라지고
가을처럼 시들어가는 날

자연의 흐름을
어느 누가 막을 수 있을까

우리 인생과 소통하는 길
꽃구름 웃음꽃 만들며 산다

택배사 맞아

배달 문자 통보를 받고
누가 무엇을 보냈을까
궁금증으로 종일 기다렸지만
어둠이 까맣게 내려도 도착하지 않아
잘못된 문자려니 짐작하고 포기했다

잠자리에 들 시간 밤 10시였다
벨 소리에 현관문을 여니
소품 한 점이 바닥에 놓여 있었다
다음 배달이 바빴을 것이라고 이해했다

며칠 후 이른 아침이었다
현관문을 여니 문 앞에 상자가 놓여 있었다
언제, 누가 놓고 갔을까
택배가 캄캄한 어둠을 믿었을까
사람들의 양심을 믿었을까

그리고 어느 날의 일이다
이웃집을 지나치다가

택배 한 점이 놓여 있는 것을 보았다
우연히 주소를 보게 되었는데
우리 집 주소와 내 이름을 발견했다

언젠가 농협에서 배달을 시킨 적 있었다
도착할 시간이 지났지만 소식이 없어 기다리는데
우리 집 호수가 다른 동으로 배달되어
그 집에서 가져가라는 연락을 받기도 했다

이런저런 일들을 겪다 보니
배달에 대한 불신이
봄비에 새싹 트듯 일기 시작한다
택배는 요구하는 사람이나 장소에
직접 운송 인계해주는 책임이 있을 텐데…
분실의 경우는 어떻게 할 것인지?

유중관 제5시집

새로운 시간 속에

초 판 인 쇄 2022년 6월 20일
초 판 발 행 2022년 6월 25일

펴 낸 이 하옥이
지 은 이 유중관
펴 낸 곳 도서출판 책나라
등   록 제110-91-10104호(2004.1.14)
주   소 서울시 은평구 통일로 63길7, 1층 B호
            ㉾ 03375
전   화 (02)389-0146~7
팩   스 (02)389-0147
홈 페 이 지 http://cafe.daum.net/sinmunye
이 메 일 sinmunye@hanmail.net

값 10,000원

ⓒ 유중관, 2022
ISBN 979-11-92271-07-1 03810